13.
FEBRUAR

Das ist dein Tag

Dein Stammbaum

| Urgroßvater | Urgroßmutter | Urgroßvater | Urgroßmutter |

Großmutter
Margareta Boiselle geb. Schmitt

Großvater
Peter Boiselle

Vorname und Name:
INGE BLEICHNER

Geboren am:
13. Februar 1936

Uhrzeit:
4 Uhr nachts

Gewicht und Grösse:

Stadt:
LU-Rheingönheim

Land:
Pfalz (später: Rheinl.-Pfalz) Deutschland

Mutter
Margarete Bleichner geb. Boiselle

Ich
Inge

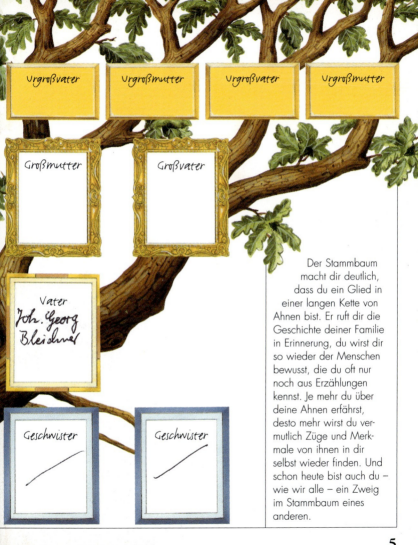

Der Kreis des Kalenders

Was wären wir ohne unseren Kalender, in dem wir Geburtstage, Termine und Feiertage notieren? Julius Cäsar führte 46 v. Chr. den Julianischen Kalender ein, der sich allein nach dem Sonnenjahr richtete. Aber Cäsar geriet das Jahr ein wenig zu kurz, und um 1600 musste eine Abweichung von zehn Tagen vom Sonnenjahr konstatiert werden. Der daraufhin von Papst Gregor XII. entwickelte Gregorianische Kalender ist zuverlässiger. Erst nach 3.000 Jahren weicht er um einen Tag ab. In Europa setzte er sich jedoch nur allmählich durch. Russland führte ihn zum Beispiel erst 1918 ein, deshalb gibt es für den Geburtstag Peters des Großen zwei verschiedene Daten.

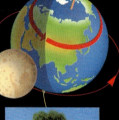

Die Zyklen von Sonne und Mond sind unterschiedlich. Manche Kulturen folgen in ihrer Zeitrechnung und damit in ihrem Kalender dem Mond, andere der Sonne. Gemeinsam ist allen Kalendern, dass sie uns an die vergehende Zeit erinnern, ohne die es natürlich auch keinen Geburtstag gäbe.

DER KREIS DES KALENDERS

Die Erde dreht sich von West nach Ost innerhalb von 24 Stunden einmal um ihre Achse und umkreist als der dritte von neun Planeten die Sonne. All diese Planeten zusammen bilden unser Sonnensystem. Die Sonne selbst ist ein brennender Ball aus gigantisch heißen Gasen, im Durchmesser mehr als 100-mal größer als die Erde. Doch die Sonne ist nur einer unter aberhundert Millionen Sternen, die unsere Milchstraße bilden; zufällig ist sie der Stern, der unserer Erde am nächsten liegt. Der Mond braucht für eine Erdumrundung etwa 28 Tage, was einem Mondmonat entspricht. Und die Erde wiederum dreht sich in 365 Tagen und sechs Stunden, etwas mehr als einem Jahr, um die Sonne. Das Sonnenjahr teilt sich in zwölf Monate und elf Tage, weshalb einige Monate zum Ausgleich 31 statt 30 Tage haben.

Die Erdhalbkugeln haben konträre Jahreszeiten.

SO WIRKEN DIE STERNE

Die Sonne, der Mond und die Planeten folgen festen Himmelsbahnen, die sie immer wieder an zwölf unveränderten Sternbildern vorbeiführen. Ein vollständiger Umlauf wird in 360 Gradschritte unterteilt. Die Sonne befindet sich etwa einen Monat in jeweils einem dieser Zeichen, was einem Abschnitt von 30 Grad entspricht. Da die meisten dieser Sternkonstellationen von alters her Tiernamen erhielten, wurde dieser regelmäßige Zyklus auch Zodiakus oder Tierkreis genannt.

Schon früh beobachteten die Menschen, dass bestimmte Sterne ganz speziell geformte, unveränderliche Gruppen bilden. Diesen Sternbildern gaben sie Namen aus dem Tierreich oder aus der Mythologie. So entstanden unsere heutigen Tierkreiszeichen, die sich in 4.000 Jahren kaum verändert haben. Die festen Himmelsmarken waren von großem praktischen Wert: Sie dienten den Seefahrern zur Navigation. Zugleich beflügelten sie aber auch die Phantasie. Die Astrologen gingen davon aus, dass die Sterne, zusammen mit dem Mond, unser Leben stark beeinflussen, und nutzten die Tierkreiszeichen zur Deutung von Schicksal und Charakter eines Menschen.

SO WIRKEN DIE STERNE

WIDDER: 21. März bis 20. April

STIER: 21. April bis 20. Mai

ZWILLING: 21. Mai bis 22. Juni

KREBS: 23. Juni bis 22. Juli

LÖWE: 23. Juli bis 23. August

JUNGFRAU: 24. August bis 23. September

WAAGE: 24. September bis 23. Oktober

SKORPION: 24. Oktober bis 22. November

SCHÜTZE: 23. November bis 21. Dezember

STEINBOCK: 22. Dezember bis 20. Januar

WASSERMANN: 21. Januar bis 19. Februar

FISCHE: 20. Februar bis 20. März

9

Im Zeichen des Mondes

Den Tierkreiszeichen werden jeweils bestimmte Planeten zugeordnet: Dem Steinbock ist der Planet Saturn, dem Wassermann Uranus, den Fischen Neptun, dem Widder Mars, dem Stier Venus und dem Zwilling Merkur zugeordnet; der Planet des Krebses ist der Mond, für den Löwen ist es die Sonne. Manche Planeten sind auch mehreren Tierkreiszeichen zugeordnet. So ist der Planet der Jungfrau wie der des Zwillings Merkur. Der Planet der Waage ist wie bereits beim Stier Venus. Die Tierkreiszeichen Skorpion und Schütze haben in Pluto und Jupiter ihren jeweiligen Planeten.

D er Mond wandert in etwa einem Monat durch alle zwölf Tierkreiszeichen. Das heißt, dass er sich in jedem Zeichen zwei bis drei Tage aufhält. Er gibt dadurch den Tagen eine besondere Färbung, die du als Wassermann anders empfindest als andere Sternzeichen.

In welchem Zeichen der Mond heute steht, erfährst du aus jedem gängigen Mondkalender. An einem **Widder**-Tag kann plötzlich etwas Besonderes beginnen, aber es kann auch Scherben geben, wenn der Wassermann mit sich und seinen Gefühlen nicht im Reinen ist. Ein Tag, an dem der Mond im **Stier** steht, verleiht dem manchmal etwas exzentri-

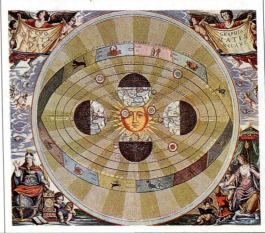

Unser Sonnensystem mit den neun Planeten

schen Wassermann mehr Gemütlichkeit als sonst. Der Mond im **Zwilling** aktiviert den Wassermann. Er setzt sich gekonnt und originell in Szene und wird so zum Mittelpunkt. Geht der Mond durch den **Krebs**, dann merkt man sogar dem distanziertesten Wassermann persönliches Mitgefühl an. Der Mond im **Löwen** ist für einen Wassermann die perfekte Verbindung von Intuition und Kreativität. An einem **Jungfrau**-Tag kann ein Wassermann endlich einmal herausfinden, ob er nicht vielleicht an der Wirklichkeit vorbei rebelliert. **Waage**-Tage machen einen Wassermann offen für Begegnungen. Steht der Mond im **Skorpion**, mangelt es dem Wassermann oft an Entscheidungskraft. Diese Szene kennt man: Ein übereifriger Cowboy springt aufs Pferd und fällt vor lauter Schwung auf der anderen Seite wieder herunter. Das könnte ein Wassermann an einem **Schütze**-Tag sein. Ist **Steinbock**-Zeit, dann entdeckt der Wassermann vielleicht, dass er die gleichen Rechte und Pflichten wie seine Mitmenschen hat. Wenn du als Wassermann an einem **Wassermann**-Tag eine tolle Idee hast, so ist das Tagesziel eigentlich erreicht. Es wäre aber zu prüfen, ob sie sich auch in die Tat umsetzen lässt. An **Fische**-Tagen liegen dem exotischen Wassermann alle zu Füßen.

ERKENNE DICH SELBST

Der typische Wassermann ist ein geistiger Pionier, ein brillanter und visionärer Denker. Sein Leitsatz lautet: »Ich sehe das Ganze!« Er ist sehr intelligent und aufgeschlossen, aber auch eigenwillig und mit einem angeborenen Widerwillen gegen Ungerechtigkeit ausgestattet, den er auch heftig äußert. Er lässt sich nicht leicht beeinflussen, hasst jedoch Streit, und wenn er in einen verwickelt wird, versucht er, ihn zu ignorieren.

Der Wassermann ist der große Träumer unter den Tierkreiszeichen. Die unter diesem Zeichen Geborenen sind sehr neugierig, schöpferisch, intuitiv und ihrer Zeit

WASSERMANN

oft weit voraus. Die vom unsteten Planeten Uranus beherrschten Wassermänner sind sehr impulsiv. Jedes Tierkreiszeichen wird in drei Dekaden mit jeweils eigenen Charakteristika unterteilt. Die Wassermanndekaden reichen vom 21. bis 31.1., vom 1. bis 10.2. und vom 11. bis 19.2. Allen gemeinsam ist aber ihr Streben nach Unabhängigkeit. Viele Freiheitskämpfer und Rebellen sind Wassermänner.

Seine Begeisterung für große Pläne führt andererseits dazu, dass er sich nicht um praktische Einzelheiten kümmert. Den einzelnen Tierkreiszeichen werden unter anderem bestimmte Farben, Pflanzen und Tiere zugeordnet, die als ihre Glücksbringer gelten. Die Wassermannfarben sind Kobaltblau, Pistaziengrün und alle fluoreszierenden Farben; ihr Edelstein ist der Amethyst, ihre Metalle sind Nickel und Platin; ihre Pflanzen sind der Löwenzahn und der Holunder, ihr Duft der Lavendel. An Tieren sind ihnen der Lachs, die Möwe, der Reiher, der Windhund und der Delphin zugeordnet. Ihr Glückstag ist der Samstag.

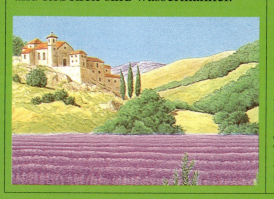

MENSCHEN DEINER DEKADE

Die dritte Dekade des Wassermanns wird traditionell mit dem Sternbild Cygnus, der Schwan, verbunden, das inmitten des hellen Teils der nördlichen Milchstraße liegt. Die in diesem Zeitraum Geborenen sind nachdenkliche und gebildete Menschen.

Diese Dekade brachte so herausragende Persönlichkeiten der Geschichte hervor wie den früheren amerikanischen Präsidenten **Abraham Lincoln** (12. Februar 1809, Abb. re.), dessen größte politische Leistung die Abschaffung der Sklaverei in Amerika war, oder den Herrscher **Sahir eddin Babur** (14. Februar 1483, Abb. li.), ein Sohn des legendären Dschingis Khan, der die Dynastie der Großmogul gründete und in der indischen Geschichte eine ähnlich bedeutende Rolle spielte wie Lincoln in der amerikanischen.
Aber auch berühmte Sportler feiern in diesem Zeitraum ihren Geburtstag: **John McEnroe** (16. Februar 1959), der dreifache Wimbledonsieger, und sein Landsmann **Michael Jordan** (17. Februar 1963), der Basket- und Baseballstar, der seine Karriere als einer der bestbezahlten Sportler der Welt beendete.

Weitere Stars sind der Amerikaner **John Travolta** (18. Februar 1954), der mit dem Film »Saturday night fever« Karriere machte; der Schauspieler **Matt Dillon** (18. Februar 1964) und **Robbie Williams** (13. Februar 1974), ehemaliges Mitglied der Gruppe »Take That«.

Auch die Modepäpstin **Mary Quant** (11. Februar 1934), die Erfinderin der Hotpants, gehört zu den Menschen, die in der dritten Wassermanndekade geboren wurden.
Auf dem Gebiet der Wissenschaft entwickelte der italieni-

Menschen deiner Dekade

sche Physiker **Alessandro Volta** (18. Februar 1745, Abb. re.) die Theorie vom elektrischen Strom. Ein anderer legendärer Elektrotechniker, der Amerikaner **Thomas Alva Edison** (11. Februar 1847), erfand Dinge, die die Welt verändern sollten – die Glühbirne und den Fonografen. Noch grundlegender waren die Veränderungen, die die Astronomen **Nikolaus Kopernikus** (19. Februar 1473) und **Galileo Galilei** (15. Februar 1564) sowie der Biologe **Charles Darwin** (12. Februar 1809) ihren Zeitgenossen bescherten.

Ebenfalls in dieser Dekade wurde der Franzose **Auguste Mariette** geboren (11. Februar 1821, Abb. re.), der das Ägyptische Nationalmuseum gründete und Verdis »Aida« nach Kairo brachte. Zwei sehr bemerkenswerte Kriminalschriftsteller gehören auch zu diesem Zeitraum: **Ruth Rendell** (17. Februar 1930), die unter dem Pseudonym Barbara Vine zur Königin des Rätselhaft-Mysteriösen aufstieg, und der belgische Schriftsteller **Georges Simenon** (13. Februar 1902, Abb. li.), der die Figur des wortkargen Pariser Kommissars Jules Maigret zu Weltruhm führte.

Am 13. Februar des Jahres 1873 wurde Fjodor Iwanowitsch Schaljapin geboren. Er war vielleicht der bedeutendste russische Sänger, der jemals in Opernhäusern der westlichen Welt aufgetreten ist. Der aus ärmlichsten Verhältnissen stammende Künstler erlangte Weltruhm durch seine unverkennbare Bass-Bariton-Stimme, die von außergewöhnlicher Klangfülle und Geschmeidigkeit war. Bekannt war er auch durch seine Besessenheit, sich um jede noch so kleine Einzelheit bei der Inszenierung einer Oper selbst zu kümmern. Einige versuchten den begnadeten Sänger zu imitieren – keinem ist dies jedoch gelungen.

EIN AUSSERGEWÖHNLICHER MENSCH

Geboren in Ometewa in der Nähe der russischen Stadt Kasan, verdiente er sich als Jugendlicher sein Geld durch die verschiedensten Gelegenheitsarbeiten. Mit 17 Jahren fing er schließlich an zu singen – zunächst im Chor, später als Solist bei kleineren Opern- und Operettentruppen, die durch die Provinz tingelten. Als 19-Jähriger erhielt er dann einen Studienplatz in Tiflis und bekam damit eine richtige Gesangsausbildung. Ein Jahr später wurde er an der Kaiserlichen Oper in Sankt Petersburg engagiert, und weitere zwei Jahre danach ging er an die Moskauer Oper, wo er bis 1918 blieb – und dort entwickelte er auch seine beispiellose künstlerische Ausdruckskraft, die ihn weltberühmt machen sollte. Neben seiner Karriere in Moskau folgte er ab der Jahrhundertwende auch immer wieder dem Ruf in den Westen: 1901 gab er sein Debüt an der Mailänder Scala, 1907 trat er in New York an der Metropolitan Opera auf und ab 1908 gastierte er mehrmals in Paris und im Londoner Covent Garden. 1921 verließ er Russland endgültig und verlegte seinen Wohnsitz nach New York, um von dort aus die internationalen Metropolen zu bereisen und an den bedeutendsten Häusern der Welt zu singen. Im Lauf seiner Karriere spezialisierte er sich immer mehr auf widersprüchliche, zerrissene Charaktere wie Mussorgskijs Boris Godunow oder Gounods Faust.

**GRANDE SAISON RUSSE
OPÉRAS ET BALLETS
FÉODOR CHALIAPINE**

An diesem ganz besonderen Tag

Am 13. Februar des Jahres 1959 präsentierte der amerikanische Spielzeughersteller Mattel der Welt die erste **Barbiepuppe**. Sie basierte auf einer deutschen Puppe namens Lili und war ausgestattet mit einer von Pariser Haute-Couture-Modeschöpfern entworfenen Garderobe. Ihr »Vater« war der Amerikaner Jack Ryan, der später Raketen für die amerikanische Air Force entwarf. Bis heute sind weltweit über 700 Millionen Barbies verkauft worden, und etwa jede Sekunde gehen zwei weitere über den Ladentisch. Für eine echte Puppe aus dem Jahr 1959 zahlen Sammler bis zu 2.000 Dollar. Barbies langjähriger Freund Ken, der zwei Jahre später als sie auf den Markt kam, bringt weit weniger ein.

In der Nacht zum 13. Februar 1979 starb im kalifornischen Beverly Hills, einem Stadtteil von Los Angeles, einer der angesehensten französischen Regisseure seiner Zeit: **Jean Renoir**. Er war 1894 als zweiter Sohn des bekannten impressionistischen Malers Auguste Renoir in Paris geboren worden und sollte einer der bedeutendsten Vertreter des poetischen Realismus im französischen Film der Dreißiger werden.

Später arbeitete Renoir auch in den USA. Zu seinen wichtigsten Filmen zählen »Madame Bovary«, »Die große Illusion« und »Tagebuch einer Kammerzofe«.

13. Februar

Am 13. Februar 1542 wurde **Katharina Howard**, die fünfte der insgesamt sechs Frauen König Heinrichs VIII. von England, hingerichtet. Ihr war, vermutlich zu unrecht, Ehebruch vorgeworfen worden. Die attraktive Nichte des Herzogs von Norfolk hatte 1540 den Platz von Anna von Cleve eingenommen und war bereits die zweite von Heinrichs Frauen, die vor den Scharfrichter treten musste.

Heute im Jahr 1974 wurde der russische Schriftsteller und Nobelpreisträger **Aleksandr Issajewitsch Solschenizyn** wegen fortgesetzter Kritik am sowjetrussischen Regime des Landes verwiesen. Fast dreißig Jahre zuvor (1945) war er wegen seiner Angriffe auf Stalins Staatsführung schon einmal in Ungnade gefallen. Damals war er für acht Jahre ins Arbeitslager und für weitere drei Jahre in die Verbannung geschickt worden. Seine schrecklichen Erfahrungen im Stalinismus verarbeitete er später in dem Roman »Ein Tag im Leben des Iwan Denissowitsch«. Vor allem sein berühmtes Werk »Archipel Gulag« veranlasste dann die Regierung, ihn auszubürgern. Ab 1976 lebte er in den USA. Fast zwanzig Jahre später, 1994, kehrte er in seine Heimat zurück.

Am 13. Februar 1800, knapp fünf Jahre vor seiner Krönung zum Kaiser von Frankreich, gründete Napoleon Bonaparte die heute noch bestehende Pariser

Banque de France. Seit 1721 hatte es in Frankreich keine Nationalbank mehr gegeben, doch im Rahmen von Napoleons zentralistischem Verwaltungssystem erschien sie wieder nötig.

Ein Tag, den keiner vergisst

Am 13. Februar des Jahres 1917 wurde eine der schillerndsten Figuren in der Geschichte der Spionage in Paris verhaftet: die legendäre niederländische Geheimagentin Mata Hari. Die französische Justiz legte der offiziell als Tänzerin auftretenden bildschönen Frau zur Last, mit weiblicher List und Tücke über mehrere Jahre hinweg in erheblichem Umfang für Deutschland Spionagedienste geleistet und Frankreich damit enormen Schaden zugefügt zu haben. Mata Hari wurde aus diesem Grund zum Tode verurteilt.

13. FEBRUAR

Mata Hari wurde am 7. August 1876 in der niederländischen Stadt Leeuwarden geboren – vermutlich als Tochter eines europäischen Vaters und einer wunderschönen Mulattin – und hieß eigentlich Margaretha Geertruida Zelle. Als junge Frau ging sie nach Java und heiratete dort 1895 einen niederländischen Offizier. Auf der malaiischen Insel soll sie, so behauptete sie jedenfalls, in die Geheimnisse der rituellen orientalischen Tänze eingeweiht worden sein. Margarethas Ehe zerbrach, als ihr Mann herausfand, dass sie ihn betrog. Nach ihrer Rückkehr nach Europa machte sie unter dem Künstlernamen Mata Hari als Tänzerin Karriere. Durch ihre große Begabung, ihre strahlende Schönheit, ihre hohe Intelligenz, ihren Charme und nicht zuletzt durch ihre Verführungskünste gewann sie bald Zugang zu den besseren Kreisen und die Gunst einflussreicher Männer. Vor und während des Ersten Weltkriegs hatte sie zahlreiche Affären mit hochrangigen französischen Militärs und entlockte ihnen Staatsgeheimnisse, die sie an die Deutschen weitergab. Nachdem man sie der Spionage überführt hatte, wurde sie im Oktober 1917 hingerichtet.

21

ENTDECKT & ERFUNDEN

Jeden Monat – manchmal sogar jeden Tag – werden Dinge erfunden, die unser tägliches Leben verändern. Auch der Februar bildet da keine Ausnahme.

Am 16. Februar 1937 ließ sich der Wissenschaftler Dr. Wallace Hume Carothers seine neue Kunstseide, das **Nylon**, patentieren. Es sollte eine der wichtigsten Textilfasern unseres Jahrhunderts werden. 1939 fertigte man dann die ersten Nylonstrümpfe (Abb. li. o.).

Der äußerst vielseitige amerikanische Erfinder Thomas Alva Edison stellte am 19. Februar des Jahres 1878 seinen **Walzenfonografen** vor (Abb. li. u.).

Im Februar des Jahres 1871 wurde in einer Drogerie in Hoboken (New Jersey) der erste **Kaugummi** verkauft. Sein Erfinder war der Fotograf Thomas Adams, der sich die Idee bei dem mexika-

FEBRUAR

nischen General Santa Anna abgeschaut hatte.
Als es dann ab 1875 Kaugummis mit Aromastoffen gab, zog der Verkauf gewaltig an.
Am 25. Februar 1836 ließ sich der amerikanische Techniker Samuel Colt seinen berühmten **Colt .45** patentieren. Als ihm die Idee zu einer repetierenden Waffe mit einer drehbaren Kammer kam, war er noch keine 20 Jahre alt. Wenige Jahre später gründete er eine Firma für die Produktion des »Revolvers«, wie seine Erfindung auch genannt wurde.
In der Februarausgabe des »Food-Health«-Magazins wurden die von Dr. John Kellogg erfundenen Weizenflocken vorgestellt, die ersten **Frühstücksflocken** aus Getreide. Drei Jahre später führte Dr. Kelloggs Bruder William die »Cornflakes« ein.

Außerdem erhielt Andrew Becker am 10. Februar 1715 das Patent für den ersten **Taucheranzug**; am 12. Februar 1824 bot J. W. Goodrich die ersten **Gummistiefel** an, und P. Boyle veröffentlichte am 1. Februar 1792 in London das erste **Straßenverzeichnis**.

Im Rhythmus der Natur

Die Tropen erstrecken sich vom Wendekreis des Krebses bis zu dem des Steinbocks. Dort gibt es keinen Winter wie bei uns, und einen großen Teil des Jahres herrscht warmes Wetter. Die Tage sind in den Tropen zu allen Jahreszeiten fast gleich lang.

Im Winter ist die Natur wie erstarrt. Die Tage sind kalt und kurz, der Boden ist hart und das Futter knapp. Die Säugetiere halten Winterschlaf, viele Vögel ziehen in Richtung Süden. Doch der englische Dichter Shelley meint: »Wenn der Winter kommt, kann da der Frühling noch fern sein?«

WINTER

Der Rote Kardinal, den man an seinem Schopf und seinem leuchtenden Gefieder leicht erkennen kann, besucht im Winter in Nordamerika regelmäßig die Futterplätze. Ein frecher kleiner Vogel ist der in ganz Europa und Asien heimische Spatz. In Japan schließen sich die Spatzen im Winter zu riesigen Schwärmen zusammen, die sogar in dicht besiedelte Gebiete einfallen. Die Amsel singt zwar sehr schön, vernichtet aber Frucht und Saat, wenn der Boden zu hart ist, um darin nach Würmern zu graben.

Das bei uns sehr beliebte Rotkehlchen wird im Winter kühn und wagt sich bis auf die Fensterbretter vor.

So feiert die Welt

Viele Feste, die im Februar begangen werden, sind international. Verliebte auf der ganzen Welt sollten rechtzeitig einen Tisch für zwei bestellen, wenn sie ihre Liebe am Valentinstag (14. Februar, Abb. Mitte) feiern wollen. Die Katholiken der ganzen Welt bereiten sich auf die Fastenzeit vor, und da Enthaltsamkeit nicht leicht fällt, wird vorher kräftig gefeiert. In manchen europäischen Ländern war der Faschings- beziehungsweise Fastnachtsdienstag traditionell der Tag, an dem die Milch, Butter und Eier, die sich noch in der Küche fanden, aufgebraucht wurden. Deshalb heißt er bis heute in England »Pancake Day« (Pfannkuchentag). Für den Karneval (Abb. u.), der in der letzten Woche vor der Fastenzeit stattfindet, werden weltweit rauschende Feste vorbereitet. In Rio de Janeiro (Brasilien) arbeitet man das ganze Jahr über an den Kostümen für dieses glanzvolle Ereignis, und die Sambaschulen üben komplizierte Tänze für das große Finale im Sambadrome ein – einem riesigen Stadion, in dem sich dann 85 000 Zuschauer drängen. Auf Haiti ziehen Rara-Gruppen durch die Straßen und gießen Trankopfer aus Rum in alle vier Himmelsrichtungen.

Venedig wird in die Vergangenheit zurückversetzt und von eleganten Harlekinen und Pierrots bevölkert. Am längsten feiern jedoch die Einwohner der französischen Stadt Nizza: Dort dauert der Karneval vom ersten »Lichterballett«, bei dem 30 000 Glühbirnen leuchten, bis zum letzten Maskenball fast drei Wochen.

Beim japanischen Setsubun am 3. Februar, dem Tag vor Frühlingsbeginn, wirft man mit gerösteten Bohnen, um am Ende des Winters die bösen Geister auszutreiben. In Vietnam und China begrüßt man das neue Jahr im Februar. Das Fest richtet sich nach

FEBRUAR

dem Mondkalender und steht meist zwischen Ende Januar und Mitte Februar an. Die vietnamesischen Tet-Feiern (Abb. S. 26 o.) dauern eine Woche; am wichtigsten ist aber der erste Tag, denn er entscheidet über das ganze folgende Jahr. In China schließt sich an die Neujahrsfeierlichkeiten das Laternenfest an, bei dem man mit Fackeln nach himmlischen Geistern sucht, die im Licht des ersten Vollmonds des Mondjahres durch die Luft fliegen. In den katholischen Häusern hingegen werden an Lichtmess (2. Februar) Kerzen entzündet, um den Besuch Marias mit dem Jesuskind im Tempel von Jerusalem zu feiern, als »ein Licht, das die Heiden erleuchtet«.

Und schließlich strömen am Schneefest Yukimatsuri (5.–11. Februar, Abb. u.) zwei Millionen Touristen in die japanische Stadt Sapporo. Dort werden jedes Jahr zu einem festgelegten Thema riesige Eisskulpturen geschaffen, die oft mehrere Stockwerke hoch sind.

Die Idee für den Tag

❶ Motiv ausschneiden

❷ Maske fixieren

❸ Maske bemalen

Material:

Gesichtsmaske aus Kunststoff
Karton (mittelstark)
Rundholz (40 cm lang)
Klebestreifen
Tapetenkleister
Zeitungspapier
Weiße und goldene Farbe
Bleistift
Pinsel
Cutter

1. Maskenmotiv ausschneiden
Die Maske auf den Karton legen und rundum eine unregelmäßige Sonne beziehungsweise den Mond aufzeichnen. Kontur ausschneiden.

2. Maske auf dem Motiv fixieren
Zeitungspapier in circa 4 x 15 cm große Streifen reißen, durch den angerührten Tapetenkleister ziehen und die Sonne mit der Maske in mehreren Schichten bekleben.

3. Maske bemalen
Nach dem Trocknen den Karton hinter der Maske herausschneiden. Die Maske rundum mit Klebestreifen auf der Pappe fixieren. Maske weiß streichen und anschließend mit goldener Farbe verzieren. Den Haltestab mit Klebestreifen auf der Rückseite befestigen.

Auch jedes andere Maskenmotiv, beispielsweise ein Tierkopf oder eine Blume, lässt sich so gestalten.

KARNEVALSMASKEN

Februardämmerung

Mit weißen Blumen am Fenster
lockt der Februar den Wintermüden hinaus.
Den schaudert's erst noch, aber schon bald
zieht ihn das bunte Treiben davon!